王璜生随笔之一

远游与诗

王璜生 著

广西师范大学出版社
GUANGXI NORMAL UNIVERSITY PRESS
·桂林·

自序

游学与诗词

（一九七四年至一九七七年）

17 年前的 2005 年，不知出于什么想法与原因，翻出 1974 年至 1977 年学习古典文学时写下的近 700 首（阙）诗词的手稿，并予以整理。当时重读这些诗词，颇有感触，便撰写了《曾经的古典少年》一文，对当年的这段学习历程与人生经历做了一些回忆。当打开记忆之门，并记录下这样的记忆痕迹与心境情怀，这样的生命记忆似乎也就被定格了。当时写道：

创作这批诗词的主要资源，来自当时赴大江南北的两次“游学”。第一次，1974 年的春末到初秋，我独自一人背着简单的行装，挤上南来北去的列车，游历了江浙、齐鲁、京津、豫鄂、湘桂等地，登临了泰山、崂山等名山大川，更结识了许多朋友，当然也画了厚厚的一本后来题名为《游览一得》的速写集。不知有多少个夜晚在火车上度过，在火车站简易的木凳上做过梦，甚至梦游过。当时的出发点是要学画画，首先必须“读万卷书，行万里路”，必须“搜尽奇峰打草稿”。于是，对于喜欢独立和“冒险”的我来说，浪迹天涯似乎是我向往的一个梦。第二次，1977 年 5 月至 6 月间，与我的姐姐王种玉，以及汕头著名文化人张华云老师的女儿张桂枝结伴，游览了武夷山、庐山、黄山，还有苏杭、桂林等地，这一路上我还用文言文写日记，也写了一些诗词。这两次游历打开了我当时生活的一片新天地，也拓宽了眼界和心境。对于游历的追忆，以及当时路上的写作，构成了我这一时期的诗词创作，它们也成为我绘画创作的重要资源。

其实，多种因素促成了当年（1974 年）那次“游学”。那次“游学”的实际路途及时间比原计划多出了很多很多。说起这些因素，还真是多层面的。

我高中没读几天，就像逃跑似的从农村回到城市——担心继续读书，高中毕业后还得“上山下乡”，又要回到农村去，因此也就没继续上学了。在古人“读万卷书，行万里路”理念的影响下，父亲母亲很鼓励我出去走走看看。而当时家里正好有一大本精美的旅游摄影图集《锦绣中华》，那壮美的大好河山及秀美的江南园林，确实让我这青年向往。同时，我也在《锦绣中华》的图集上学到了不少地理方面的知识。

就在这个时候，我的三哥王大智从常州来汕头看望父母亲。三哥是在铁路部门工作的，对于铁路的运作及旅行的知识，他比普通人懂得多一些。由于社会及家庭的种种原因，三哥多年没有回来过。1973 年底，落实政策后，父亲及我们从故乡农村回城，三哥带着三嫂及小孩回家来了，大家庭里的各种关系也趋于好转。三哥居住、工作在江苏常州。他们要回常州时，爸妈提出，让我跟着他们去常州住上一段时间：一方面有三哥带，可以一路上学一些与铁路相关的知识，顺便路上游览一下；另一方面，常州周边不远就是苏州、无锡、上海、南京、镇江、扬州等地，这些地方有着江南的人文气息与风光——我在阅读《锦绣中华》的图集时就已为之沉迷，甚至有些“景点”已熟记于心，因此，住在常州，可以让三哥帮忙安排到这些地方去游览学习。这确实是一种“游学”的安排。就这样，我跟着三哥他们从汕头出发了。

先到福建漳州，列车行驶在鹰厦铁路，在风景如画的闽赣崇山急流间穿行。这可是我第一次坐火车，那咣当咣当的车轮与铁轨的摩擦声，那汽笛在山崖岩壁间的回响声，那火车蒸汽搅动着山林间的云雾烟岚，构成了一幅幅奇妙的山水画图像。而车厢里嘈杂的人声，呛鼻子的烟草、汗渍、脚臭味，还有拥挤的座位与行李架，汇成了那个年代抹不去的绿皮火车的记忆。

终于到了三哥在常州的家里。我现在基本记不起那宿舍楼的布局与样子，但是对常州的东郊公园，苏东坡的“洗砚台”，以及那穿过城市的不太宽的河流，还是有印象的，这可能是因为我在那些地方画过一点速写并留了下来。

其实，在常州最大的收获是，以这里为中心，赶大早的火车去周边的苏州、无锡、镇江、扬州、南京等地转转。有时是当天去当天回，有时是出去两三天，去一两个地方，如镇江、扬州等。记得到镇江，游览了一天，白天登北固山怀古、上焦山览雨中长江等，晚上在瓜州乘渡船过长江，夜里到扬州外的码头，在船上待到天蒙蒙亮，便登岸进入扬州城，穿行于晨雾中的石板路，听到远处卖花的声音，一派“深巷明朝卖杏花”的意境。在扬州游览完瘦西湖、平山堂之后，晚上乘车回到常州。我一个人自由自在地规划游走的路线，也不时参照《锦绣中华》中印象深刻的照片，去寻找相应的景点，如无锡的鼋头渚、惠山，苏州的虎丘、沧浪亭，南京的中山陵、灵谷寺等。

在常州住了一段时间之后，记不起怎么会有继续北上的冲动与安排。大概是我父亲一位学生的弟弟陈兰兮，在青岛崂山一带当海军勤务兵，听说我出来“玩”，就硬招呼我去他那，并说可以安排我住到他们的军营里。于是，我临时决定去他那里走走。我的游学行程就这样开始扩大了。

我告别了三哥他们，继续北上，在上海乘船到青岛，第一次体验在海上乘坐大客轮。我已经记不起当时有没有晕船，因为我平衡力特别差，平时在城市里坐公共汽车都有些不自在的。大概在海上晃荡了一天一夜后，我终于到达青岛，兰兮兄大半夜赶到码头来接我。

在青岛崂山一带住了一阵，我多次上崂山，游完这边游那边，了解了崂山的一些历史及故事，同时画了不少的写生速写。

有了第一次扩充游学的地理空间的经历后，内心就多了些新的密谋与骚动。四哥一家在石家庄工作、生活，来信让我上他们那边玩玩。也是由于一些家庭的原因，他与爸妈及弟妹们很多年里少有联系，所以父母亲同意我继续游学前行，也作为家庭的“友好使者”，到石家庄看望四哥四嫂一家。

从青岛前往石家庄，要经过济南，而泰山就在附近。在我的心目中，泰山实在是太“伟大”了。家里的那本《锦绣中华》风光摄影集中，泰山的南天门、拱北石，泰山的云海、日出，还有岱庙的古柏等，都深深地刻进了我的记忆中。于是，我心血来潮，在青岛出发前，给家里的爸妈去了一封信，说我想去泰山看看。爸妈接到我的信时，大吃一惊。那是 1974 年，“文革”尚未结束，泰山也没有开放为旅游区，更何况在父母的印象中，山东是个出“响马”（强盗）的地方，我一个17岁的“少年”，单枪匹马，要去登历史上被称为“天下第一山”的泰山，那实在太令人放心不下了。但是，他们接到我的这封信时，我可能已经站在泰山的山顶上，大饱“一览众山小”的眼福了。

在上下泰山的过程中，还真的有一些印象深刻的事情令人难忘。

我从济南乘夜班慢车到达泰山脚下的泰安车站，到站是夜里12点多，5点钟天亮便可以登山了。为了省钱，我在泰安这个昏暗老旧的小车站的木头凳子上勉强睡睡，准备挨到天亮。刚迷糊地睡着，感觉浑身发痒——被臭虫咬醒了，赶紧起来，一摸一抖，臭虫纷纷从我的衣服里掉落在地上。我抬头一看，木凳后面坑坑洼洼的墙上，至少有两个队形的臭虫直奔我鱼贯而来，似有数米之长。转身看看四周，昏暗的小车站里就我一个人。哈哈，原来臭虫们好不容易逮到了一个鲜美的活物，大家奔走相告，整队前来大饱一餐。

在泰山上面，我发现，这里的“客栈”几乎都没有文字性的店名，而是门口挂着一个物品或一个图形，以它为这家客栈的店名标志。如门口挂个木头的鸭子，就是“木鸭客栈”；门口放着一对木头靴子，就称它为“木靴客栈”；还有什么“木蛋客栈”“木椏客栈”等。我记不起当时是住了一家叫什么的客栈，印象最深的是那里山高雾气重，什么东西都是湿湿黏黏、冰冰寒寒的。我第二天一早要到拱北石处观看日出，需要向客栈租借一件大棉袄，那大棉袄实在太有年代感、太有分量了，湿湿黏黏的，很沉重！

泰山之行当然所获很多，画了不少的速写。我也开始尝试画下山的梯级，试图解决往下走的视觉透视问题。画南天门建筑的细节及结构，画岱庙的古柏老树干，这都对我的绘画视野、关注点及表现能力有很大的帮助与提升。

从泰山经德州转车到石家庄，在四哥的国营染织厂厂区的宿舍平房里住上一个阶段，这可以说是我第一次真正感受到北方“村庄”的生活。石家庄常被戏称“中国最大的村庄”，更何况那是在 1974 年，国营染织厂宿舍区的日常生活，对一个从南方来的小伙子来说，无疑是分辨不了北方城市与乡村之间的差别。而这样的“北方村庄”生活，却给我带来了很多新鲜感和质朴粗朗的记忆。

既然到了北京边上的石家庄，就应该去首都看看。父亲联系了他早年在上海美专读书时资助过他的家乡人，现在在北京有些地位的“王慎兄”，请他看看能否帮忙找个住的地方。王慎兄当年已经71岁，比我父亲还年长，而按家乡的辈序，王慎兄要叫我父亲为叔叔，我只称呼他“兄”就可以了。不过，我实在叫不出口，就称他为“老师”。父亲联系了他，让他帮忙，他爽快地让我过去，就住到他所在的国际关系学院，找了一位同事的小孩住的一间宿舍。这“小孩”与我同龄，属于到了上山下乡的年龄，因此在北京郊区一个农场“下乡务农”，一两个星期会回来一次，平时宿舍空着。王慎老师他们帮我增加了一张床，我就在“国关”住了下来，度过了几乎整整一个6月份。

“国关”在西北郊的颐和园边上，我在北京这段时间，除了自己去长城、十三陵、故宫、西山、八大处、天坛等地方游览写生之外，最经常去的地方就是颐和园了。王慎老师有时也与我一起，到颐和园转转，并经常谈起一些他早年经商的经历及对历史现实等的看法。他当时71岁，而我只有17岁，一老一少，还真很谈得来，而且还经常到附近郊外的小店里喝上一点小酒。当然，我是不能喝的，还未成年。

在“国关”的这段生活，对我后来影响很大的是认识了刘小淀，他就是我借住宿舍的那个“同龄”人。虽然这段时间我们只见了几次面，但他偶尔从郊区农场回来，我们便聊得很开心，彼此敞开心扉，以至于后来很长时间我们一直保持通信联系。在信中，我们几乎无所不聊，尤其是关于国家、社会、政治、文化，等等。他后来还带我认识了朦胧诗派的代表北岛、杨炼、江河等，以及“星星画展”的马德升、黄锐等。在1974 年的北京“国关”，一个来自三四线边远城市、初次走出来看外面世界的小青年，撞上一个在北京大都市高校里成长起来、见过大世面的“侃爷”，这对小青年来讲，确实扩充了太多震撼式的信息和见识。

在北京转悠着，钱也用得差不多了，得赶紧返回。我买了一张从北京到长沙的通票，中间停靠郑州、武汉，就去了郑州的二七广场，武汉的东湖、长江大桥等。当时到处都很乱，印象尤深的是在武汉挤公共汽车的经历，那已经不是“挤”了，简直就是被挤歪了而奋不顾身地从汽车窗门爬进去的。而当几乎被挤扁了的我从公共汽车上下来，走上街道，却发现总有一个人尾随着我，时近时远的，跟了很长一段时间，大有“抓特务”“间谍片”的感觉。我觉得不太对劲，于是干脆进到路边的一间甜品店，买了碗东西坐下来慢慢吃，也一边观察。后来，那个人可能是等得不耐烦，就走了，不见了。我松了一口气。这时，我才发现我的斜挎背包上有一道被割开了的裂痕。这才意识到，这小偷可能在我挤车上下的时候，割开了我的背包，但还没伸手拿到东西，因此就一直尾随着，等待下手的机会，没想到耗不过我。

终于到了长沙，准备住上两三天。在那个年代，到了长沙，一定会去一些“红色圣地”转转看，从岳麓山的爱晚亭，到橘子洲头，再到韶山冲的故居、农民讲习所，等等。而我居然在橘子洲头转悠之余，心血来潮，脱了衣服就到湘江里去“中流击水”了，真有些那个年代的激情与浪漫。

又是父亲的学生亲戚的关系，我从长沙直奔山水胜地桂林，在桂林郊外部队的军营里住了一段时间。这个阶段，我的风景速写大有进步，我几乎将桂林的山水景点都去了个遍，伏波山、叠彩山、独秀峰、象鼻山、骆驼峰、阳朔、兴坪、杨堤等，都留下了大量的速写。

终于，回到了广州，又转车回到汕头。从 5 月 4 日出发，到 8 月 20 日归来，此次游学行程总共 109 天，绕了几乎大半个中国。这对于在那个年代，在那种很不容易的经济状况下，只身一人、不大不小年龄段的小孩来说，应该算是一种“幸运”，更是一次“壮游”和“奇迹”！这确实要感谢父母亲的判断、支持与放手放心，使我有了这样的一次独立面对旅途、面对人生的“游学”。

我后来写了一首诗记录了这次“壮游”：

鸿鹄高翔我欲侔，经春转夏又深秋。
苏杭京口临青岛，桂朔都门返广州。
万里尘沙留履迹，千重云壑向胸浮。
归来写赋入图卷，愿与素心作卧游。

也正是我这一次的“游学”取得了非常不错的效果，三年后的 1977 年，与我的“辍学”经历几乎相同，我的姐姐及父执张华云老师的小孩张桂枝，也想走出去“游学”。因此，联系了各自在各地的亲戚，规划了一条路线，我作为有点旅行经验的“男孩子”，就“跟班”两位姐姐，又出去转了一圈。这一圈也不小，既有与我上次出游重叠的地方，也有不少的新经历，特别是游览了武夷山、庐山、黄山，还从桂林乘船，沿漓江、郁江、西江，顺珠江而下来到广州。这冥冥中与我后来于 1984 年骑车珠江溯源，沿西江、郁江等珠江主流溯流而上，构成了对珠江流域不同时期的体验、考察及写生。

也正是在 1974 年至 1977 年这一阶段，为了弥补我们姐弟因“辍学”甚至“无书可读”的知识缺陷，父母亲除了教我们书画实践及鼓励我们游学，还请来了古典文学的老师蔡起贤先生来教我们古典诗词，因此这两次游学的经历就成了诗词学习、写作的主要资源。收入本书中的一些诗词写于归来之后的“追忘逋”，也有些是写于旅途中的“火急”记怀、记感。回过头来看这些诗词，免不了有很多“为赋新词强说愁”的可笑语词与表述，但却是我们学习成长过程的一种真切记录。

这个阶段的两次“游学”，对我来说，无论

是对阶段性的学习，或是对后来知识、艺术、人生的发展，都产生了非常深远的影响。记得当代的教育界红人俞敏洪曾经说到“游学”的意义，用了“远方”这个概念。他说：“游学，可以看作是对‘远方的呼唤’的第一声回应。远方，首先是一个空间的概念，但也是有时间的，而且更是心灵和精神的……换句话说，远方，既是外面的世界，也是未来的世界，更是我们心中的世界。”

很有意思！对于青少年的我来说，“远方”的召唤，给了我认识世界的一种冲动，拓宽了我知识的边界和疆域，为我的心灵与外部世界搭建起了桥梁，给了我精神延伸的时间与空间。当年，我用“诗词”记录下“游学”远方的所感所思。“远方与诗”，从某种意义上讲，似乎成了我的“游学”与“诗词”的一种隐喻，当年游学远方，成了我“诗词”学习的意象与境界。虽然当年那个阶段“古典诗词”的心境已经淡出了，然而永远在路上的“游学”，却始终与“诗”和“远方”相伴而行。

2022 年 6 月于广州湖上绿川

目录

〔二〕古体诗　一九七四年至一九七七年　035

〔二〕

词

一九七五年至一九七七年

念奴娇
甘露寺雨中望焦山

暴风狂雨，
漫江天，
翻浪吞舟飞雪。
屹立萧萧甘露寺，
遥望焦山半缺。
万里风光，
一杯浊酒，
潇洒胸怀阔。
甚心听取：
江神凄泣幽咽。

莫问龙跃云腾，
蛟潜在水，
多少称豪杰。
独恨大江流不语，
拔剑惊天欲裂。
昔日旌旗，
今朝松柏，
曾染英雄血。
兴亡旧事，
伤心唯有明月。

清平乐
登八达岭

朔风激烈，
朝雨纷如雪。
灿灿山花何挺发？
满洒英雄热血。

登临塞上天低，
壮怀岂似平时。
万里河山眼底，
风云一叱齐飞。

图 1　八达岭　1974 年
万里长城
七四 · 七 · 廿七写生

浣溪沙
夜雨

夜雨平池翻绿萍，
横波春色动春情，
菜花飞雪蝶轻轻。

润土农夫栽豆急，
平阶燕子落花声，
却吟江远楚天青。

念奴娇

游姑苏灵岩山

馆娃宫里，
漏声长，
歌舞春风浓烈。
不许醉中欢宴尽，
秋压南来旗戟。
响屧廊荒，
吴王井冷，
芳草情脉脉。
风流一世，
梨花落尽春色。

万里独自登临，
涵空阁上，
纵目长空碧。
来去娇鸢天外意，
月鉴井栏明白。
磅礴关山，
拍天烟浪，
谁与评功绩。
联翩往事，
鸱夷舟去无迹。

踏莎行

秀明兄自度《水乡春天》筝曲，填词以赠

远岫林烟，
水村花雨，
平池鹅鸭知春处。
相呼鸟雀柳间鸣，
浣衣歌女溪南去。

师旷何心？
子期不语，
高山流水为谁谱。
欲将心事寄秦筝，
婵娟幽泣韩江浦。

忆江南

蛙声静

蛙声静，
散步郊原闲。
偶忆故园三月夜，
提灯捕蛤“大泉”边，
孤月照平田。

注：“大泉”，故乡地名。

苏幕遮

丙辰三月十九日，春雨沉阴，端居无事，吟诗作画，写《焦山雨望图》

竹窗鸣，
春雨冷，
趱鸩声声，
时度芳菲径。
往日江游余逸兴，
研取松烟，
一扫云横岭。

浪犹翻，
雷正骋，
半点焦山，
寂寞浮天影。
涉水踏泥还记省：
撑伞攀藤，
雨洗遥峰靓。

贺新郎
甲寅四月廿四
游无锡，泛太湖

图 2　天平山飞来石眺望太湖　1974 年

七四年五月廿六日于苏州天平山

震泽沧波碧。
我来时，
花洲初暑，
水天如一。
万顷平湖风骤起，
浩荡情怀无极。
望故垒江山春色。
吴越旌旗争夺地，
到如今，
唯有云霞赤。
追往事，
意怆恻。

苇滨蓼屿声萧瑟。
水涵空，
空涵水处，
孰歌祖逖？
欲令文鱼为警乘。
俨首六龙游弋。
驾一叶扁舟安适。
谁识少年心事重，
向昆仑奋展垂天翼。
烟满眼，
正风急。

菩萨蛮

游崂山，日昃过野人家

老翁茅舍依修竹，
芳菲冉冉清溪绿。
日落万山高，
松鸣涧谷号。

迎我温存语，
饭我粱和黍。
轩袂话山川，
不知已汉年。

图 3　崂山白云洞　1974 年
崂山白云洞游玩路上所见
六月十三日写生

点绛唇

雨后

雨后斜阳，
风轻云软江流处，
玉骢微驻，
蓦地飞孤鹜。

流水何情？
拍岸来还去。
天应许，
风光独主，
匹练听裁取。

点绛唇 题宋夏禹玉《长江万里图》

涧谷流觞，
急湍出峡涛声满。
悬崖云栈，
天际浮烟岸。

快剪并州，
截取长江断。
情何限，
渔舟楼观，
雁落汀沙远。

满江红

题辛亥秋临家君仿赵千里《江山秋色图卷》

廿尺瑶笺，
横万里江山秋色。
看是处，
危峰叠嶂，
树红潭碧。
松柏含烟笼野寺，
沙汀归雁惊行客。
闻琅玕深处响淙淙，
流泉激。

故园事，
旋追忆，
荒庙里，
淋漓墨。
爱移山倒海，
何人曾识？
赵子别裁丘壑图，
家君挥洒丹青笔。
笑效颦，
装点旧山河，
求鞭策。

临江仙
秋望

云破天寒山接水，
一番雨后新晴。
危楼独上最高层，
林疏烟岸阔，
鹜飞落霞明。

坐觉乾坤浮爽气，
一声长啸云凝。
心湖撼动却无名，
暮鸦来绕树，
不尽古今情。

水调歌头
登泰山南天门楼

岱岳穷千仞，
高阁览群山，
浩荡山川起伏，
八百里方圆。
飞鸟清音聒耳，
落日斜晖满目，
长啸拍雕栏。
空谷松涛怒，
峭壁裂飞泉。

图 4　泰山南天门　1974 年

泰山南天门
璜生七四年六月廿四日登此山写生得此稿

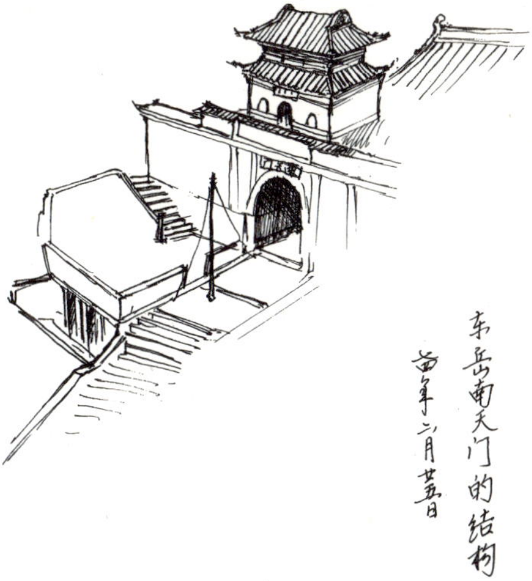

图 5　南天门结构　1974 年

东岳南天门的结构
七四年六月廿五日

坐震方，
为坤柱，
此登天。
形势钟灵毓秀，
千古出豪贤。
云断翻腾沂渤，
野遍金黄齐鲁，
胸拓独欣然。
举首望轩邈，
鸢戾绝云巅。

浪淘沙
微山湖

水入夕阳天，
帆影翩翩，
金鳞开映白鸥旋。
好个波轻风软处，
碧草晴烟。

明月照长川，
一抹寒山，
高歌吹笛酒盈船。
岂是坡翁还与客，
我在其间。

沁园春

爱绿堂并序

五代祖毓纲公结庐于岭阳狮山之麓，名爱绿堂。时村民困学，童竖狂简，乃设绛帐授书，光扬儒雅，一时学风兴起。尔来已历八世二百余年矣。余家作画仍用堂名，亦景仰先人之意。

茂竹邀风，
倩月临窗，
爱绿草堂。
在狮山之麓，
墨池之上；
门观桑浦，
遥接凤凰。
烟点松梢，
雨渲石骨，
书画诗文万卷藏。
春风煦，
看碧澜绿野，
相映辉光。

浮云富贵寻常。
叹学困村荒无雅章。
想坛悬绛帐，
传经习礼，
樵童牧竖，
各挺珪璋。
二百余年，
悠悠日月，
犹有文华异代昌。
勤为学，
冀三槐绿荫，
百卉菲芳。

 注：王应铨先生作爱绿堂题记，有“烟点松梢，雨洗石骨”句

沁园春

前题，用稼轩韵

八世清光，
一代风流，
玉龙飞来。
正结庐人境，
心偏地远，
掩扉亭午，
隔绝烟埃。
雅意登高，
极目长天，
似此情怀浩荡哉。
凭轩栏，
被山禽唤觉：
冬去春回。

却将爱绿名斋，
看郁郁芊芊三径开。
有图书满架，
画具矗几，
窗前种竹，
壁上悬梅。
饮露朝兰，
餐英始菊，
九畹幽芳手自栽。
如椽笔，
令乾坤万物，
入室徘徊。

水调歌头
登高

今日我重九，
十六好登高。
龙珠石上骋望，
长啸气雄豪。
金素霜风林响，
翠碧遥峰云淡，
帆影逐奔涛。
莫道秋将晚，
啼鸟似花朝。

藉绿茵，
诸父执，
论刘曹。
浮沉往事千古，
容易失俊髦。
为涤人间尘垢，
欲与云山会意，
老笔更凌霄。
冉冉斜阳里，
海阔浪滔滔。

贺新郎

秋深风劲，游桑浦山

桑浦年年约，
向春林秋山题句，
清泉可乐。
曾记去春书院里，
老少闲谈快酌。
更今日游情雀跃。
木叶萧萧秋水冷，
快霜风，
胸开心涤。
临浩荡，
啸寥廓。

呼猿来伴还招鹤，
羡山人琼田瑶草，
茅檐松桷。
邀我温存成野趣，
把酒黄花篱角。
有翠霭晴烟揽攫。
应是龙眠人未到，
料到了，
被伊占却。
特为我，
留丘壑。

汉宫春

丙辰十月二十九日岩石山顶写海景

踞石抒怀，
爱天高水远，
风激云驰。
轻鸥出没点点，
逐浪参差。
蓬莱何处？
瞰孤帆划破涟漪。
凝望久，
飘然仙客，
三山游兴依稀。

万里新罗一念，
过瑶台偃蹇，
琼树离离。
虹桥雕栏翠砌，
剥啄朱扉。
龙眠梦里，
肇锡余画笔一支。
浮沧海，
移情变气，
挥毫万卉芳菲。

浣溪沙 古寺

古寺初经日暮时，
谷风回响子规啼，
斜通竹径出僧扉。

淡荡远山荆浩画，
萧森老木杜陵诗，
寒泉皓月有情思。

图 6　灵隐寺　1974 年

七四年初夏于杭州灵隐

鹧鸪天
过灵岩

山上朱栏接彩楹，
吴王宫殿雨初晴。
花烟鸟语伤心色，
涧水松涛悦客情。

荒草碧，古苔青，
井边人去夜猿惊。
夫差西子归何处？
唯有长楸管送迎。

浣溪沙
题山水画

古寺崖巅结构牢，
泉声竹径石周遭，
老僧策杖步东皋。

一鸟鸣时山欲破，
万松风起谷齐号，
禅心已定见秋毫。

图 7　虎跑泉　1974 年
七四年五月六日于古杭之虎跑泉

江城子

春来

春来鸟语满林间，
碧泉边，
欲幽眠。
扰我提壶，
随处可流连，
应是春风多魅力，
诗兴发，
句难悭。

澄潭木影映晴天，
草芊芊，
竹娟娟。
好个东君，
群卉一时妍。
我爱春光人共好，
挥画笔，
拂涛笺。

江城子
绿垂

绿垂红绽雨初肥，
草萋萋，
满芳菲。
双燕含泥，
忙过野蔷薇。
欲向丛中寻伴侣，
花是脸，
叶为衣。

惹人春色兴遄飞，
赋新词，
作新诗。
纸上留春，
春去肯依依？
最爱流莺千百啭，
幽径里，
暖风吹。

江城子
登岳阳楼

洞庭万顷雨云收，
日光浮，
水光悠，
岸绝涛高，
山势断江流。
一点君山帆影里，
天地阔，
有沙鸥。

长风荡荡激双眸，
志豪遒，
气难侔。
三尺玉龙，
我欲斩潜虬。
拍遍栏杆闲啸傲，
挥画笔，
写神州。

图 8　洞庭湖岳阳楼　1977 年
洞庭湖畔岳阳楼，岳阳门。一九七七年六月九日晓抵巴陵郡登临岳阳楼并记之

临江仙
云破

云破龙鳞荷叶乱，
月移花影重重。
香风凝露玉玲珑，
三潭飞水鸟，
天竺隔山钟。

曾是五湖烟水客，
放怀恣意游鸿。
冰心一点镜湖中，
红尘吹不到，
绿水洗还空。

水龙吟
大江

大江日夜奔腾，
云崩岸阔波涛壮。
春风又绿，
雨收天碧，
万千气象。
千里江行，
凭高瞩目，
抒怀驰想。
对天翻地覆，
峥嵘往事，
东流水，
长歌唱。

多少英雄相望，
念当年，
金陵春涨。
血流未尽，
灰飞未歇，
轩辕惆怅。
江水滔滔，
举杯酹酒，
英灵无恙。
为河山装点，
恣情挥笔，
写多娇状。

西江月

岸远

岸远沙平空阔，
潮生风正帆悬。
芦洲飞鹜落霞间，
天堑惊涛浩瀚。

赤壁烟光渺灭，
石头故垒依然。
英雄为欲上凌烟，
独喜风云多变。

钗头凤

看电影《风流千古》，有感于陆唐故事

漏声彻，蛩声切，
欢情未结人情绝。
水尤清，鱼难行，
东方浩荡，
花落无声。
凝！凝！凝！

相催促，暗祈祝，
婵娟千里人成各。
人无盟，山常青，
不应有恨，
何必有情。
冰！冰！冰！

注：此阕约作于 1981 年

〔二〕

古体诗

一九七四年至一九七七年

七古

泰山行

披星戴月向泰安，穿霞踏雾上泰山。
六月山岚无暑气，千山着翠松生烟。
万级石阶天门接，九派川壑穹垓连。
天下名山称第一，东天巨柱摩天阍。
我今只身来，飞步凌青天。
意非求羽化，风光剪成篇。
野云岭上得诗意，碧涧石泉声涓涓。
朱甍画壁随路出，心同飞鸟向无边。
秦皇功绩垂宇宙，可怜台榭空萧然。
少年意气当拿云，挥笔爱令万壑松烟卷。
时有穿云瀑，飞珠散霞鬟；
玉龙啸空谷，白马出山间。
我将涤两足，洗耳听潺湲。
有此无尽水，何须沧浪泉。
山径遥遥望不尽，携筇傲啸撼昆仑。
红门、斗母、五松亭，南天、碧霞、玉皇巅。

玉皇顶上送落日，千山兀兀紫绵延。
又向东峰迎月御，相照松间石上眠。
山眠野梦绕故里，壮游三春辞家园。
越蛮入闽向赣北，余杭西湖足流连。
鼋头渚边极远目，太湖浩渺攒飞船。
姑苏京口扬州夜，金陵江畔念前贤。
三入崂山寻道士，浮槎北海浪飞溅。
历历游情续长梦，梦回曙色浮山原。
四山漠漠浸睡意，晨风阵阵觉衣寒。
跻攀巍然拱北石，东方羲和初露颜。

图 9　泰山南天门下望　1974 年

登泰山至南天门向下望景色奇险
七四年六月廿五日写生

图 10　岱宗万仙楼　1974 年

岱宗万仙楼
七四年六月廿四日登泰山所得第一张稿

岱宗观日出，自古人争传。
今朝亲登览，写入丹青留指痕。
丽日渐高树，游人下山闲。
不忍别山去，抚松自盘桓。
狂吟长诗镌石上，万里征程始开端。

七古

夜听古筝、洞箫、二胡、琵琶合奏

仙月舒卷纤云随，如此良宵遇亦稀。
秦筝轻勾琵琶拨，二胡追逐洞箫吹。
吹箫老翁兀然坐，神有专注思入迷。
琴师情态独耿耿，轻拢慢捻复离披。
同时听者三四子，以手按拍吟声微。
初似鱼戏春花下，入破凤凰座中飞。
此刻夜深灯烁烁，嫦娥欲下舞羽衣。

七古

天平山

姑苏城外天平山，削壁裂开一线天。
野鸟一鸣掷梭过，春藤蔓绿崖上缠。
身乏两翼嗟难越，天阔云远山连绵。
我来正逢晴时雨，林风谡谡泉涓涓。
陡起嶙峋上白云，穷尽万里太湖边。
浩瀚涛声聒我耳，帆饱浪涌入长天。
狂啸不觉一回首，阊门雕甍浮炊烟。
虎丘塔高锁晓雾，虽见枫江不见船。
曾记昨夜江边住，历历渔舟过楼前。
古寺钟声虔虔响，寒山晓月照我眠。
醒起披霞迈阔步，流连吟咏不知还。
乘兴赋诗留指爪，去去还教念烟鬟。

图 15　天平山一线天　1974 年
苏州天平山一线天
七四年五月廿八日写生

注：山分上白云、中白云、下白云。

焦山急雨

七古

焦山巍巍雨声急，江云乱涌雷霹雳。
鱼龙欢呼江神来，万里大江广无迹。
时有南海远游人，欲为江山写精神。
荦确石径静寂寂，猿猱相伴攀嶙峋。
绝顶有亭号一览，一览云帆巨浪飐。
更欲展翅任飞翱，直送大江逐海潮。

秋日戏作六言

六言

九月风高水白，兴来夕夕登楼。
秋气能知我意，暮霞看入江流。

古体

题东岳望松亭

崖上筑小亭，谁作望松名？
举目翠欲滴，松梢烟云轻。
山谷有回响，还须仔细听：
壮哉松风卷涛鸣，浩浩万顷洗耳清。

图 16　泰山望松亭　1974 年

望松亭
六月廿五日写生于泰山

达濠青云岩

七古

青云岩上柏苍苍，翛翛竹影萧寺旁。
幽泉涓涓杂鸟语，伽蓝卧僧觉晚凉。
瞭望峰头穷千里，拨云纵目意轩昂。
山巅松林皆谡谡，岭下盐田更茫茫。
濠江萦迂吞海雾，归帆片片带夕阳。
我欲因之写磅礴，南海滔滔浪汪洋。

元宵

七古

一春明月今宵多，清辉寒光白江波。
捣药玉兔虔虔响，斫桂吴刚亦绮罗。
儿童挑灯相嬉戏，女子卷帘画嫦娥。
一年能得几回醉，纵情狂啸复高歌。
举杯欲饮酒中月，解衣起舞影婆娑。
吾便乘风游万里，南辰北斗向天河。

五古

太湖遇雨，寄鑫弟

沉沉唯震泽，落落雨声急。
千帆分洞庭，烟波撼马迹。
只身万里游，乡思日复日。
触景赋新诗，寄尔闲吟习。
便得天晴朗，好展长空翮。

注：1. 湖中有大、小洞庭二岛。
2. 湖中有马迹岛，与大、小洞庭二岛为湖间最著名者。

鹰 五古

舒展五尺翮，天涯万里飞。
海角逐巨浪，排云叩天扉。
夜与松为友，不惮霜风吹。
昂头对明月，怒目视魅魑。
独立山巅上，欣然迎朝晖。

图 17　金山寺上一望　1977 年

金山寺塔上俯视，山川重复，长江浩荡，
雕甍霏烟，帆影横空，一望辽阔，心境豁然。
一九七七年五月十九日上午写生于镇江

七古
游金山寺

大江一转水势急，金山寺塔巍巍立。
伽蓝冷落无高僧，竹影鸟声游人迹。
我带俗尘万里来，不嫌沾污清净阶。
绝顶栏头一回首，壮哉浪涌云徘徊。

焦山观雨

七古

夏雨欲来江风凉，山楼独饮茶犹香。
乌云横卷天无光，一望大江唯苍茫。
雷霹雳，雨正急。
漫步石径丛林湿，攀缘绝顶乐何极。
人生自有烂漫情，提伞雨中听雨声。
更欲展我两翼轻，直送江水入东溟。

图 18　漓江杨堤夏夜　1974 年

山村夏夜

七四年八月十三日游阳朔，归途中于漓江畔杨堤村过夜得此意境。

璜生

七古　漓江夜泊有作

舟中三更灯光微，卧听江上渔歌稀。
秋风竹浪皆寂寂，山影月色雾霏霏。
曾记昔时泛震泽，一叶轻舟任所适。
还记潇湘欸乃时，岳麓半红江半碧。
今午始发阳朔城，船夫推棹怨水急。
天沉月起宿杨堤，又作杨堤观戏客。
此刻梦回闻歌声，依稀韩江亦可匹。
只身万里成畅游，匆匆南归家思迫。
何时鲍岛会亲人？明日后日大后日。

注：1. 是夜投宿杨堤村。2. 夜里上岸看戏。

七古

香山游，贻惠兄

老夫七十劲亦遒，携我十七香山游。
香山枫叶青郁郁，风清林静鸟声幽。
树尽路转萧寺现，老佛千载卧悠悠。
弟子十二身旁立，头垂掌合脸带愁。
堂前菩提两三株，叶动枝摇声啾啾。
游人岁岁来不绝，牟尼安然睡未休。
掉头却辞卧佛去，琤琮五里樱桃沟。
涧上小亭相对坐，闲看烟霭晴岚浮。
是时天气正六月，杖筇野径炎兀兀。
忽见有寺碧云间，号曰“碧云”如天阙。
松柏萧森攒伽蓝，遥望五塔林中突。
日长口渴坐寺前，引杯茶似黄河决。
我自万里南天来，游意此时最为乐。
高歌振笔作长诗，贻君一笑指我拙。

图 19　往西山八大处路上　1974 年

往八处路上所见，塔为佛牙舍利塔。
七月十八日写

七古

游翁襄敏读书处

山行好日春与秋，三月廿三作春游。
江风轻拂波纹动，碧水着我一片舟。
小舟停泊上岸去，晓烟霏霏满鮀浦。
村南村北鹅声多，绿秧无际忙农夫。
村道遥遥接山梯，翁公书院龙岩西。
龙岩清泉潺潺响，书院空壁看题诗。
院前煮茶藉芳草，饮君一杯莫嫌少。
山神年年饮此泉，青山岁岁不曾老。
　　　　何处泉最清？山后傍涧行。
巨石累累水帘洞，洞中涤足听泉声。
流霞朝浮暮又没，空山鸟归静兀兀。
小舟返棹下鮀江，江平潮生明月出。

注：地名，汕头郊区。

七古

自题《四时景色图卷》

一派烟光纸上浮，繁花薰气遍九州。
翠柳婆娑幽居静，黄鹂百啭轻风柔。
渔艇荡波帆曳影，依稀西湖昨日游。
无心白云出远岫，红雨缤纷琥珀流。
羲和纵辔乾坤转，峰回瀑挂云岚卷。
遥知深处有人家，樵竖负薪暮霞返。
北麓桑麻烟树林，苍苍蓊翳接重巘。
穿尽脩竹荷风亭，闲看轻舟随云远。
随云远，红香生，暑气初辟秋气清。
碧潭悠悠鱼可数，霜枫不碍遥岑青。

处处短篱闻鸡犬，竹架准备待西成。
牧童归去横牛背，芦荻葭苇寒沙汀。
寥廓江天共一色，飞雁衔芦鼓翅声。
秋景明净如淑女，冬山兀兀睡无语。
忽有古塔涸涧边，松柏戛云飞雪舞。
沉沉村舍梅香中，垂髫儿童戏银浦。
野渡横溪路迂回，极目皑皑槎丫树。
寻梅觅句驴背翁，索颈遥望酒旗处。
休疑至此尽荒寒，寒去暖来春风煦。
家君作图卷，四时景色妍。
意在示子女，督吾写烟鬟。
是时岁辛亥，方当志学年。
野庙扫一角，展纸依窗前。
金风飒飒过修竹，飞花阵阵向池边。
朝驱群鹅去，露湿晾花田。
归来上学堂，对课三五篇。
暮坐狮山石，饮羊幽涧泉。
暇则亲笔砚，十日一山川。
山川门外是，桑浦浮霁烟。
我欲师造化，亦不薄前贤。
风物随时异，半载猎芳鲜。
藏箧四年重展阅，染翰作诗卷上缀。
我喜江山年年青，更愿纸上江山朝暾呼可出。

七古

金陵怀古

送目清凉山角明，宿雾朝晖石头城。
钟山如龙吸江水，征帆东去白鹭横。
回望戛云六朝柏，往事历历去无迹。
唯有台城柳色青，乌衣巷中烟草碧。
莫叹兴亡似江流，且看春色溢九州。
四海为家有今日，不用大江分南北。

七古

寄兰希兄

乙卯年新夏，邢干事自青岛来，兰希兄托带礼品赠余。廿二日，陪邢干事往达濠晤兰希兄父母兄嫂，畅饮欢谈。归来作此，寄兰希兄。

邢君迢迢青岛来，故人深情进我怀。
四月江潮浑不清，共泛轻舟濠江行。
两岸青山随船过，凤凰花开树树明。
濠江兄弟亦良友，岸上相迎遥招手。
邀至室中话古今，烹鳖饪鱼出酿酒。
邢君语北音：“兰稀家思深。
北国生活好，父母请安心。”
老叟老媪笑开颜，殷勤寄语与君言：
“识浅应听长者话，莫嫌风霜莫怕难。
万里他乡似故乡，家中爷娘自心安。”
君不见，天下父母之心在子女，
在子女，我亦更须勤奋莫辞苦。
胸中豪情驰笔端，图画河山我作主。

七古
忆游崂山华楼宫二十六韵，寄幼雄、兰希二君

去年今日游崂山，午发古城绿云间。
车停法海寺边树，步向华楼宫入天。
行径崎岖蔓野草，山势岧峣苍松老。
何人深识崂山情？同行数子二三鸟。
攀登攀登上峰头，胸中俗尘去不留。
壮哉高山更在高山外，无限风光为我豁青眸。
危壁千仞生烟霭，空谷飞瀑奏仙籁。
飞廉峰边回玉虬，似惊少年志雄迈。
踏涧翻山度密林，道士茅屋白云侵。
篱中独坐须如雪，一壶好酒博古今。
山岚水气尽日得，海天空阔似我心。
我亦忘机人，但好友山神。
展纸染翰墨，磅礴写嶙峋。
举头山角一抹红，红处隐约华楼宫。
颓垣残瓦修竹韵，“金液”珍泉戛云松。
东南天门凌空起，我倚门栏看海市。
海神不放蜃楼来，一步教向天宫里。
天宫阊阖闭不开，玉扃叩罢立天阶。
回望脚下千嶂处，一座美女梳妆台。
“台”高十丈山巅峙，自古登“台”唯一子。
每逢三月花辞春，桃花缤纷遍地萎。
忽觉羲和迫崦嵫，满山猿啼狼啸饥。

注：1. 又作梳妆楼。2. 据石上刻记：唯云岩子上石。

一路清风送我还，法海寺中罗素荤。
鲁人又好南粤客，殷勤压酒芳菲菲。
事往已一年，历历浮眼前。
吟诗留指爪，寄予同行一粲然。

图20　崂山华楼宫后“金液泉”　1974年
青岛崂山之华楼宫，宫后有泉名为“金液”。
七四年六月写生

七古

六月十日夜独游岩石山

游山几回趁月明，清风一路静轻轻。
树影山影浑一色，流涧泉响石上清。
竹林深处荧点点，芭蕉丛外有人声。
明月不应独我有，为何我行月也行。
平生爱月今邀月，伴我狂歌酒频倾。
醒来夜色堪泼墨，空山一片皆画情。

五古

月夜泛舟岩石海

星垂山静静，月浸海茫茫。
林屿传棹歌，远市闹灯光。
清风吹酒醒，披襟喜更狂。
举杯爱长醉，杯中月生香。
世间唯一月，肯带入醉乡？
停杯不忍饮，高颂《离骚》章。
海天净无尘，长帆逐风扬。
何人随我去？同舒翅翼长。

五古 郊原行

郊原堪行乐，雨过觉新秋。
清风生凉意，晚籁响悠悠。
水摇萍亦动，知是鱼儿游。
人乐鱼随乐，兴来同忘忧。
农夫荷锄返，群鸭戏沙洲。
远村夕烟绕，竹影映溪流。
风韵翛翛远，夜渡有维舟。
昏昏丛林暗，灿灿北斗浮。
望舒何不到？阡陌为少留。
少留不知归，忽忆故乡时。
茅屋拈笔暇，微雨锄瓜畦。
屋前麻豆菜，茄熟扶疏篱。
“早白”初收下，新米香菲菲。
西畴稻正黄，镰动月生辉。
半夜收割罢，担上吟新诗。
莫道农家苦，苦中亦乐兮。
辗转居闹市，尘垢满脚是。
难得郊原行，幽风洗眸子。
欲邀月随人，郊原行数里。

注：大白菜分“早白”“冬节”“过年”三种。

七夕忆别陈三

七古

年年七夕秋风同，独上城头眺星空。
万里银河南北落，一片月牙出林丛。
昔闻牛郎与织女，一年一度得相逢。
架桥喜鹊头应秃，未言泪水下九重。
俄顷人间倾盆雨，彻夜空打庭前树。
自从客岁作远游，初识人间离别苦。
离别容易相见难，千古天上似人间。
惹得骚人无穷数，今夕搦笔生愁颜。
陈子昨日欲远征，鮀岛惜别泪晶晶。
鸿鹄各有高飞志，何必相恋僚友情。
志士岂效儿女态，折柳高唱骊歌声。

七古

忆游风门径

乡居暇日多游兴，全家早起五更正。
画囊炊釜已备齐，直指桑浦风门径。
风吹晨露滴晓枝，虎巷无人高鸟啼。
草摇瑟瑟疑有虎，不觉已到龙头溪。
有龙万丈溪边伏，吸水呼风威且肃。
岭下人家聚成村，炊烟袅袅杨柳绿。
道旁老榕二三株，踞石盘屈动髯须。
笑向农父问年岁？历数掌故穷锱铢。
行经龙头碑林去，山村四月鸣杜宇。
牧童早出牛成群，桃杏残花唱歌女。
迨至此时方上山，石梯野花奔流泉。
花送清香醉游客，泉击岩石声潺潺。
风门一到天风急，形势奇险巨石黑。
两山高峙夹径微，一夫当关谁敢入！
独爱古榕气雄豪，应是昔时勇士魄。
石床石椅置其间，还有神庙建其侧。
山神不见庙寥落，香烟烛火明且灭。
便歇庙前作午炊，汲取清泉燃枯棘。

注：1.路经此处。2.龙头村。3.碑林村在桑浦山脚。

山餐野味乐最多，仿佛便同天上客。
谈笑半酣望人寰，重重江山见颜色。
山外连山江入海，云帆点点向无极。
我欲长啸复高歌，山神相和回音激。
我欲倾酒还起舞，泉声助我弄筝笛。
醒来枕上追亡逋，数载游情欢有余。
夜半张灯运新笔，欲与同游忆当初。

山川歌

七古

山川壮兮乱云急，苍龙横卧虬独立。
万壑松风白水鸣，春花烂漫鸟举翼。
山之阳兮水之边，藉草吟诗意适然。
夏雨新霁空谷怒，摇摇翠筱净娟娟。
谢公游屐我所好，踏遍山川兴未老。
高歌高歌歌翠微，山川为我生光辉。

五古

过龙湖作

黄昏偶宽余，驾言过龙湖。
古木依道绿，稻穗覆平芜。
风吹池上柳，波荡水中凫。
连山横青霭，碧水出芙蕖。
长林烟断处，雕甍旧郊墟。
人语何喧闹？海泊卖鲜鱼。
老翁得酩酊，少妇买菜蔬。
莫道日已昃，明月浮太虚。
疲鸟归林影，清风响菰蒲。
回车过野篱，儿童聚睢盱。
少年多乐趣，唯游是良图。
呼我二三子，放意山林娱。

七古

泛舟歌并序

辛亥长夏，春居多暇，时约乡人，泛舟碧溪之中。朝发双桥，经沙溪头，绕桑浦山，午泊古楼。是处山光水色，浑如图画，有嵚崟之烟岚，横荒津之鸥鹭，花实蔽广野，黍稷满平畴，村舍掩映，见砧上之浣女；茅荻繁阴，闻远处之渔歌。登临啸傲，对景挥毫，乐亦何如。及归，夕阳衔山，水天红染，江树摇影，港泊炊烟。山峨峨而渐高，水泛泛于无际。已而月出海东，清风拂拂，棹夫停橹，对客飞觞，得徽生之逸兴，发苏子之欢情。岁月易得，事往五载，追亡逋以怀游，作长歌以记事，其辞曰：

狮麓课罢暇晷多，少年不游奈老何！
唤陶谢兮呼沮溺，泛清流兮扬素波。
舟发双桥古榕下，若木煜煜霞如赭。
江雾晓炊一片烟，黄鸟隔叶鸣长夏。
齐榜击汰水悠悠，岸走农父叱耕牛。
俊燕应知社日近，香稻怀新铺平畴。
一鸟飞去水天阔，蝉声聒耳来林末。
云幻衣狗复成堆，出水游鱼声拨剌。
溪折舟回绕峥嵘，山岚倒影色更明。
我向仙人借明镜，健笔罗笼入绢绫。
游龙喷珠下百尺，卧虎走狮疑怪石。

古树槎丫樵路长，歌山木兮归樵客。
兀兀古坟近水滨，石马石羊兼石人。
千载姓名几曾问？宿草萋萋又一春。
过港口，渡西其，越北郭，傍南湄。
小桥近墟集，仿佛入渼陂。
墙头桑沃若，雕甍斗娱嬉。
渔船复垂柳，凫雁浴绿坻。
清歌来浣女，儿童戏钓矶。
穆穆意幽逸，对酒坐翠微。
沙溪头村遥指是，舣舟泊岸走闹市。
楼上飞觞三万杯，呼来快嚼八百里。
醉意醺醺过古楼，羲和亭午闲云收。
拾级振衣登楼上，万古风云志士愁。
参差山川乱，旷野金一片。
远水绿生漪，狮山愁征雁。
微雨学种瓜，乡居非所恋。
望天羡鸿鹄，登楼异王粲。
手有凌云笔，亦欲驰紫电。
拍栏歌大风，风起云漫漫。
虞渊日近好风生，助我归帆一叶轻。
霞彩浑映浮金乱，蛾眉一抹色黛青。
岸竹翛翛渐晚雾，倦飞山鸟知归树。
时闻延濑发薪歌，似见湘滨来游女。
迟迟日车到桑榆，皎皎明月浮太虚。
芦荻风清鸥鹭影，曲州萧瑟响菰蒲。
我命棹夫驻兰桨，浮大白兮存芳酤。
星河日月乾坤转，江山一片烟满眼。
贾生少年系单于，从军弃儒壮怀远。
击楫高歌意自雄，破激浪兮乘长风。

注：皆村名

石砚歌

七古

玉宇秋高净无尘，案上风吹浮紫云。
一尺瑶池春光永，米家授受记传薪。
我爱温润一顽石，云开雾敛晶莹色。
解衣磅礴拂蛮笺，麝煤触砚声霹雳。
下笔满堂松风鸣，长江滚滚惊座客。
君不见，
毛锥掷地班生顽，独耻庸书不画山？
我亦自有寒窗志，欲令天地为我开新颜！

五古

立冬游山

风高浮云卷，江岸迥潮平。
山行觉秋晚，疏林落叶声。
黄英笑荷老，婀娜解送迎。
白水漱石激，泠泠奏琴笙。
我过山家畔，曝裘更宰牲。
野鸭怜翠羽，浣女捣红绫。
立冬岁将暮，岁暮动客情。
窘迫为世务，一年竟何成。
唯有丹青笔，寄意在山庭。
燕雀知何去？化蛤投沧溟。
鸿鹄恃雄迈，奋翼上冥冥。

观舞剑歌

七古

芳儿舞剑闹雷电，英姿卓荦刚而健。
翻身一击复一挑，蛟龙掀浪云涛卷。
轻如杨柳漾春风，复以凌空一雏燕。
寒光肃气横高秋，天昏日暗忽不见。
轩翥飞舞在吾前，旋风飒飒眼生烟。
平生如此几曾见，使吾神气为昂然。
公孙大娘舞昔日，天地跌宕无颜色。
山僧张颠时一观，归来电扫草圣笔。
我欲挥毫更高歌，涌起万顷大江波。
为涤人间尘与垢，登昆仑兮挽天河。

七古

赠长富黄先生

曾闻吴音婉转又清绝，长江波平流明月。
蜀音刚躁节节高，激浪奔雷起飞雪。
今听黄君奏秦筝，蜀桐吴丝翻新声。
春山融融行云住，时作惊涛蛟龙舞。
马鸣在野雉登木，刻羽流商绕古屋。
莫道方丈似维摩，以此相娱自不俗。
二十一弦拨复捻，浮海远帆操水仙。
古调本自存古意，我闻但觉意新鲜。
愧我平生丹青手，未学胡弦与君友。
何当月明涧泉间，松篁相对十杯酒。

五古

写雪景山水

古者论雪景，笔墨为最难。
墨欲春雨润，笔向秋风干。
皑皑积原野，纷纷变关山。
远岭矗玉柱，岸畔撒银滩。
画人古梅下，对景拂涛笺。
纯情得贞洁，磊落自爽寒。

五古

岁暮郊游

驱车出郊原，菜花过雨满。
渠水浮萍寒，古木落天远。
是时岁已深，日出夜霜散。
野径侵前村，入村道路转。
杵臼家家声，炊烟袅袅卷。
下车问农夫，但言春节近。
辛苦已一年，冬去春复连。
耕罢好耘耔，夏日稻盈田。
陇上采桑妇，溪头泛菱船。
秋收处处急，终年少暇闲。
暇闲唯春节，老少有欢颜。
呜呼吾闻之，忽忽有所疑。
我智昏菽麦，何得羹饭滋。
待从学农夫，种豆实所宜。

七古 春初访故里

高人昔在狮山麓，秋风夜号裂山竹。
我今来作故园行，涓涓石涧欣春木。
红萍聚散水离离，陇麦怀新自高低。
一群娇燕忽飞起，山川依然忆当时。
当时冲寒陟高岵，极目江天无限树。
翘首独羡鹄随鸢，横眉怒叱狼与虎。
入村道路未生疏，别来三年岁月徂。
吾宗尚德化民俗，仰望书斋拜草庐。
庐前老木擎天干，绿荫井径花满株。
儿童欣喜牵吾手，乡亲相劝进美酒。
觉来此中情意深，夭娇桃李媚新柳。
狮山兀立势豪雄，苍松挺拔撼高风。
苍松挺拔撼高风，屹立狂啸壮气贯长虹。

好雨 五古

久晴知春早，处处龙骨鸣。
一阵凉风至，初喜雨云成。
千丝润万物，叶底花间声。
燕子怜双翅，农夫披蓑迎。
开渠引新水，破土促豆萌。
老竹枝枝笑，新秧片片青。
人人呼好雨，欣欣草木荣。

七古

登六和塔

月轮山上月轮高，百尺浮屠镇浙涛。
闻道潮头涌十丈，气势磅礴走峤峣。
万千白马奔远野，老龙呼吸瘦蛟号。
纵有小舟迎起落，一逝轻梭疾若抛。
我来却在阳春后，登高凭栏意气豪。
放眼苍山接五岳，钱塘澎湃浪滔滔。

图 23　六和塔上远眺　1977 年

六和塔之兴建，意在镇浙涛，年逢八月十八日为潮生日，潮头如山，涛声作雷，所到之所，皆移山崩岸，为害不少，今已不置（至）于此矣。登塔顶而望之，富春严濑，据其上游，海门三山，雄其东隅，巇接云连，周遭千里，宇宙尽极望眼矣。
五月十一日凭高写生

注：六和塔位于浙江省杭州钱塘江边的月轮山上，是我国现存最完好的砖木结构古塔之一，经历 800 多年沧桑。

七古

黄山清凉台观日

昔闻岱宗看日出，壮观天下无与匹。
又闻黄岳清凉台，云海翻腾升晓日。
泰山既登日观峰，今来台上更望东。
万山寂寂松风响，浩荡云涛卷苍穹。
苍穹无垠疏星落，飒飒寒风生巨壑。
侧身四望心茫然，深渊狼虎竞斗角。
红轮冉冉出天涯，云霓纺若展绛纱。
高枝先鸣知好鸟，琼芳含露暖春华。

图 24　清凉台观日出　1977 年
清凉顶观日出漫写
一九七七年五月廿七日，时裹棉衣

七古

芙蓉居行

芙蓉岭上芙蓉居，下有龙潭百丈余。
老龙浩荡御烟雩，青龙逶迤自卷舒。
乌龙追逐白龙驱，万谷震撼听号呼。
居上老人霜雪须，锁龙驾龙尽日娱。
邀我檐前茶饼俱，山肴野蔌酒盈壶。
昔我南海洒明珠，今入名山访画图。
为问山翁得道无，山水之交乐何如。

注：芙蓉居在黄山后海。

〔三〕

格律诗

一九七四年至一九七七年

壮游 七绝

男儿小少惯挥鞭，独驾青虬游九天。
东岳白云脚下过，太湖碧浪眼中烟。

遣兴 五律

何处寄豪情？长江万里行。
昔登甘露寺，今向汉阳城。
漠漠青洲隐，滔滔白鹭横。
波涛吾未惧，壮志逐风生。

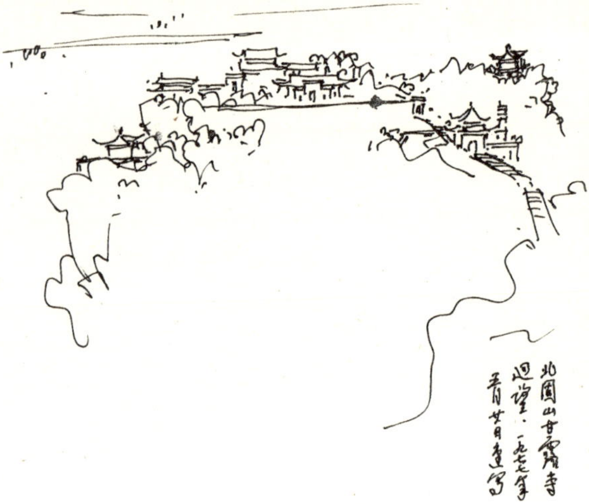

图 25　北固山甘露寺　1977 年

北固山甘露寺回望

一九七七年五月廿日速写

北固山怀古

七绝

跋涉来登北固楼，闲云遥接大江流。

英雄热血随波去，壮气凛然万古留。

七绝

太湖怀古

勾践破吴事未忘，身临震泽志轩昂。
青山碧水皆依旧，只有千帆映夕阳。

图 26　太湖三山归来　1977 年
太湖三山归来记腹稿
五月十六日

七律

端午韩江边雨中吊屈原

典型文采屈原高，风雅忠贞异代豪。
天地为愁倾暴雨，江流有恨涌波涛。
汨罗依旧千山泪，楚俗已无竞渡号。
佳节家家炊角黍，几人对酒读《离骚》。

七绝

读李贺《男儿》诗

满挽雕弓射凶鹜，驾将鸿鹄逡天游。
不为万户封侯计，欲解苍生千斛愁。

七绝

五月二十二日早三时，自京口渡长江往扬州游览，舟中书所见

暴雨雄雷转作晴，星稀月落水鸥惊。
四更买棹长江渡，两岸群灯飞萤明。

图 27　岱庙古柏　1974 年

泰安岱庙中汉柏参天，有的年龄已有二千多岁，此为其中一株。

七四年六月廿五记

七律　登泰山

六月泰山景万千，无忧游子上南天。
柏阴仰望侵云道，欹枕卧听出石泉。
唯欲峰高生雾霭，又吟松傲对深渊。
尺笺寸笔难描尽，更有云烟起眼前。

七绝
岱顶思家

久别故园归思深，每逢登览动愁心。
欲于绝顶望亲舍，极目云天何处寻？

七绝
船夫歌

唏唏唷唷众夫呵，洄溯推舟苦亦多。
流激喘吟山峡里，劳人应有扣舷歌。

七绝
夜坐吟

夜阑月色透窗纱，风送犬声竹影斜。
遥忆故乡多少事，一灯相对独咨嗟。

七绝

黄昏车过新桥望韩江

江边晚泊意从容，渔火未明树影红。
疑是雨晴秋水涨，细看却在夕阳中。

七律

崂山北九水纪游

道士曾闻住此山，蜃楼海市乏缘看。
巉岩万仞云难渡，野水九回鱼独欢。
瀑奏潮音清我耳，风传鸟语劝朝餐。
登高一啸群峰应，步履虽疲兴未阑。

图 28　崂山北九水疗养院　1974 年

青岛崂山北九水疗养院
一九七四年璜生写生

注：北九水，地名。此间山有九转。
潮音瀑，于北九水西侧靛缸湾处。

七绝

金陵清凉山晨游

朝霞一抹树梢红，扫叶楼前迎晓风。
山自清凉莺自乐，何人犹忆半千翁？

七绝

武昌东湖舟上

遥天秋水接烟光，紫树连山隐夕阳。
一叶扁舟听所适，心随白鹭碧空翔。

注：清凉山在南京城虎踞关外，山上有明末画家龚半千的故居扫叶楼。

图 29　万寿山景福阁上远眺　1974 年
景福阁上远眺昆明湖
七四年七月写生于北京
璜生

五律

颐和园万寿山景福阁中

清风伴我游，逸步向松丘。
阁上舒青眼，栏前招白鸥。
云闲飞鸟乐，日落玉泉幽。
蘸墨溪藤上，写成一段秋。

游锡山寺

五律

寺外翠岚浮，山僧劝我留。
举杯相对饮，卧榻话千秋。
古庙虽寥落，新游唯隐幽。
太湖生眼底，浩渺壮难收。

图 30　无锡惠山上　1974 年

无锡惠山游玩见此景，色调颇好。
五月二十四日

七律
自题《游览一得》

鸿鹄高翔我欲侔，经春转夏又深秋。
苏杭京口临青岛，桂朔都门返广州。
万里尘沙留履迹，千重云壑向胸浮。
归来写赋入图卷，愿与素心作卧游。

七律
听秀明兄弹古筝

逸兴豪情寄古筝，风云飞逐凤凰惊。
夜阑雨滴芭蕉响，冰裂泉流涧谷鸣。
织女停梭知泪满，嫦娥起舞觉衣轻。
划然一过千山远，信手便成《万里行》。

五律

夜听秀明兄弹古筝曲《春涧流泉》

裂冰似断弦，寒水始涓涓。
出谷声沉慢，入江势便旋。
湘灵初鼓瑟，春涧急流泉。
倒海秦筝上，凭君十指传。

五律

听高医师哲嗣子固兄弹《黄鹂词》筝曲

凄凄别友思，谱入《黄鹂词》。
春去啼何切，雁孤意更悲。
弦鸣情婉约，曲止涕交垂。
座上无司马，人人泪湿衣。

附：

五律

拜读璜生兄大作，敬和原韵，有序

百坚子固作

甲寅冬月，岭东画家王兰若老师暨夫人屈驾临舍践约，同行蔡老师及一门兰桂。家严感知音难逢，命弹《黄鹂词》筝曲。该曲为怀念曹正世伯而整理者。曲终，家严为叙旧欢，百感交集，泣不成声。王老师哲嗣璜生世兄感其事，为赋五律一首，因步原韵，呈王老师削政。

抚弦慰遐思，一曲《黄鹂词》。
梦往人何在，魂归意更悲。
音消情为断，语咽泪先垂。
雅子非商妇，汪汪泣湿衣。

五律

重游万寿山

今夕觉清闲，重游万寿山。
苍松西指处，紫气东来关。
我醉风涛里，阁高暮霭间。
倚栏看鸟去，雾隐玉颜鬘。

图 31　颐和园万寿山古松　1974 年
仁寿殿前有松数株，此为其中之一株也。
甲寅年六月初三写生于颐和园

注：北京颐和园内有六关，曰：文昌阁、宿云檐、通云关、寅辉关、千峰彩翠关、紫气东来关。紫气东来关在万寿山东部。

图 32　鼋头渚远望　1977 年

鼋头渚密林疏窍中窥三山帆影，也景远意深也。
一九七七年五月十六日记

七绝

鼋头渚远眺

乾坤日夜太湖中，波撼洞庭马迹蒙。
欲问君烟波去向，已疑是又入秋空。

注：太湖横跨江浙之间，面积有三万六千顷，在碧波巨浸中，有七十二岛屿，以东、西洞庭及马迹三山为著。

七绝

甲寅夏日游燕京玉渊潭，有怀亲人，修书柳阴

水光柳色玉渊潭，游子思归意尽谙。
欲寄鱼书家万里，何当月下作深谈。

七律

夜宿姑苏临江客舍

旅人夜泊意悠游，江月寒光照客愁。
虬箭沉沉催短烛，钟声隐隐入高楼。
临窗再读枫桥句，回首更知岁月稠。
远别家园情思怅，炊烟又是遍苏州。

图 33　常州东郊公园　1974 年

七四年夏月写于常州东郊公园，
前为竹亭，河是炀帝时的运河

七律

题苏轼洗砚池在常州东郊公园

新竹巉岩洗砚池，春风不减坡翁时。
浑浑墨水今澄碧，谡谡苍松更挺姿。
曾读秋游赤壁赋，又听东去大江词。
沉泉道士神游去，振笔无言题小诗。

千佛山

七律

松径萧森鸟语新，野僧朱院俱泯泯。
晨钟惊醒沽名客，经号唤回迷梦人。
可惜不知千佛处，那堪满眼碎瓦尘。
将来画兴为之尽，却写山间万壑春。

图 34　登千佛山　1974 年

七四年六月廿三日，游泉城济南，登千佛山休息时写此景

注：千佛山坐落于济南城南，上有千佛寺与千佛石雕像，今皆废。现尚留存楹联一对云："晨钟暮鼓，惊醒世间名利客；经声佛号，唤回苦海梦迷人。"三、四句用其意。

五律

夜渡长江

夜半渡长江，沉沉黑四望。
猿声穿宿雾，渔光灿星光。
水阔阵鸿倦，风横巨浪扬。
波涛来万里，渐晓见苍茫。

故乡

七律

古庙萧条对野池，掩书欲画鹧鸪飞。
东畴放鸭清晨去，西麓驱羊向晚归。
无际秧苗添翠色，连绵桑浦带斜晖。
日沉风起空村静，月出狮峰影入扉。

注：故乡东面有山，形似卧狮。

五律

乙卯年三月廿三日游桑浦山翁襄敏读书院

临风踞石头，老少话千秋。
山静龙泉响，茶香古洞幽。
为寻尽日乐，快作三春游。
绿浦茫茫远，白云去去浮。

五绝

乙卯重阳初度写太湖风光并题，时年十九

万浪楚天阔，三山朝日红。
濡毫无限意，震泽在胸中。

郊原又一首

七绝

春原雨后柳烟多，燕影涵空水涨河。
踏湿从来骚客事，为听农父插秧歌。

草堂即事

五律

草堂闲悄悄，双雀闹花前。
雨洗苔痕绿，霞浑霁瓦鲜。
采荷香沁肺，种竹长齐肩。
有客谈诗画，煮茶炷篆烟。

海滨杂句四首

一

丹崖沧海暗，紫贝晚霞明。
渔父船归后，沙滩鸥鹭轻。

二

黑云低压海，银浪涌天高。
雷雨横空扫，烟腾摇橹劳。

三

风起扬飞雪，潜龙卷涛澜。
一粟渺沧海，人在烟波间。

四

萦纡山霭断，澎湃海涛来。
极目乾坤窄，沙鸥为我回。

七绝

岩石杂咏十二首

龙泉洞

山僧卓锡自何年？潭映巉岩别有天。
昔日龙头人未凿，谁人移案品龙泉。

迎春楼

飞身扬袂上高楼，春色无边满双眸。
我邀东君伴我醉，丹栏碧树白云幽。

桃花涧

灼灼夭夭鸟拂风，花光潭影日融融。
多情骚客吟芳草，独爱游鱼戏落红。

桃源

“桃源”闻道水之涯，碧涧小桥四五家。
未吹牧笛归牛背，已写春风万树花。

龙珠石

枝头金凤开五彩，山上玉龙吐宝珠。
笑杀英人强举似，女王冠冕在山隅。

注：传英国人说此龙珠石似伊丽莎白女王冠上之宝珠。

宫鞋石遗迹

可恨天鸡却早鸣，双鞋忘着返瑶京。
不知宫女重来否？唯有海潮日夜声。

老人石

须动眉轩目有神，老翁箕踞独垂纶。
问渠今日鱼多少？石笑鱼游乐煞人。

满山红餐室（一）

竹韵鸟声和涧流，山楼酣醉意悠悠。
林霜一夜红枫叶，碧瓦琉璃对晚秋。

满山红餐室（二）

石底鸣泉自激湍，红楼矗立碧琅玕。
一声过鸟生秋意，山静水寒木叶丹。

海角石林

石林海角露云尖，螺岛有无浪半淹。
游客不知潮涨落，远帆日影白鸥添。

十八曲

盘旋石径上烟萝，碧树红亭接绿莎。
正是一番春雨后，芳林簇簇鸟清歌。

杏园远眺

疏影杏花玉笛吹，栏前凉露湿香枝。
山萤渔火连银汉，正是风清月朗时。

七律

卜居

心远地偏静悄然，雨余薄雾看新田。
檐间双燕轻轻过，篱角群花色色鲜。
野鹤归来眠水际，画朋相访傍婵娟。
朝朝洗笔临清浅，一曲横渠绕屋前。

七律 秋夜雨后

数日廉纤水漫塘，晴初云淡月光凉。
寒蛩一夜鸣苔砌，新竹几竿出画墙。
烛高更觉书有味，睡美自知被生香。
爱吟彭泽悠然句，醉梦农夫刈稻黄。

七绝 写海棠

只因贪睡失佳期，不入草堂老杜诗。
应是夜来耽画笔，高烧烛照美人肌。

五律

和种玉姐

昔访招提日，婵娟对路开。
蝙蝠飞晚殿，荒草乱秋台。
僧去山如睡，月明鹤独来。
登临无限意，千古更徘徊。

附：种玉姐《山竹行》诗

小径盘山转，翼然楼阁开。
清泉鸣古涧，野鸟噪平台。
绿树春初发，白云岭上来。
吟诗补造化，万物共徘徊。

七绝 观鼎新王先生书法

春蚓秋蛇世所同，唯公挥笔气豪雄。
直从黑女寻三昧，已继右军千古风。

七绝 读画学史

授受千年在寸毫，百家各欲挺雄豪。
谁能笔底生新意，便树艺坛一帜旄。

七绝 读《苦瓜和尚画语录》

道济山僧有至言，直从老拙得温存。
我之为我自我在，万物纷纭笔下奔。

雨中渡江

五律

乾坤雷雨际，一棹渡瓜州。
回首望京口，风云北固楼。
浪吞六代帝，声压伍胥仇。
谁问兴亡事，大江日夜流。

五律 作画

林木心犹动，石泉意自便。
闲时毫蘸墨，志凝兴驰笺。
烟水骇荆浩，云山出巨然。
一丘还一壑，身已在其间。

七律 丁巳春缶庵先生退居故乡远访

村野横溪曲径侵，云高日落鸟归林。
梅湖浪涌昏山月，玉简烟销识古今。
未见贾生蝼蚁句，时闻彭泽去来吟。
闭门犹悦桑麻话，春及西畴草木深。

武夷杂诗

七绝

驾云凌烟上碧天，武夷绿水映丹山。
昔人寻仙虽可笑，但觉身在缥缈间。

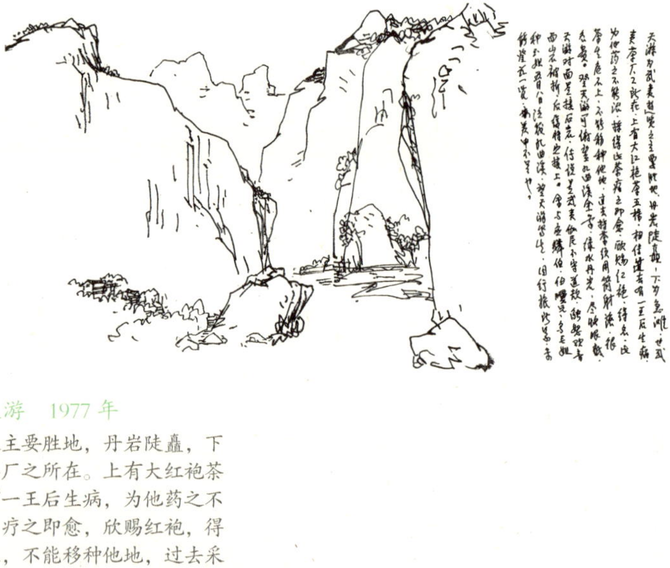

图 35　武夷山天游　1977 年

天游为武夷游览之主要胜地，丹岩陡矗，下为急滩，也武夷茶厂之所在。上有大红袍茶五株，相传过去有一王后生病，为他药之不能治，采得此茶，疗之即愈，欣赐红袍，得名。此茶生危石上，不能移种他地，过去采茶须用箭射落，很名贵。登天游可俯望九曲溪全景，绿水丹岩，尽收眼底。天游对面是接石岩，传说是武夷伽尼不守道规，触怒观音而山石被折，后复将之接上。余与应麟伯、伯曛兄、乌毛姐、种玉姐五月八日泛筏九曲溪，望天游写生。因行旅所累，未能登兹一览，亦美中不足也

图 36　武夷山　1977 年

武夷宫前远望玉女峰，亭亭玉立于九曲寒溪上，如玉环出浴，飞燕新妆，丹岩绿水相映，美丽无比。

一九七七年五月八日写生

又

烟岚翠霭雨蒙蒙，激石泉声撼谷雄。
三月春深武夷道，野花烂漫映山红。

又

树摇春雨霰绵绵，相唤山禽绕杜鹃。
径入柴扉烟霭里，野人破竹引山泉。

又

寒溪九曲岩光浮，云敛千峰玉女羞。
我自不求方外药，驾言竹筏作天游。

虎阜

七绝

偃蹇浮屠白虎姿，蟠龙老木郁参差。
谁知当日吴王恨，人影斜晖落剑池。

图 37　苏州虎丘　1974 年

五月廿五日游苏州虎丘所见

七绝

武昌东湖行吟阁，为纪念屈原而建

屈子魂形两渺然，湖平山远阁凌烟。
欲从湘水寻遗躅，还上危栏望楚天。

图 38　东湖行吟阁

行吟阁

东湖位于武汉市东郊，七四年八月五日北游南归经由此地，见湖面宽阔有水天一色之感，遂拟其大意。

湖风柳浪行吟阁，岫色鸟声云水居。

又记

五律

次鄂州，下洞庭

停棹近鹦鹉，悠悠念屈平。
山川雄楚越，江汉合秦荆。
风压涛飞雪，怀深酒遣情。
片帆星月外，千里下洞庭。

五律

六月八日夜暴雨，驱车下巴陵洞庭

横雨洞庭阔，卷涛日月昏。
迢迢来楚地，为欲吊忠魂。
电烁乖龙起，雷翻猛虎奔。
灵修不我察，此恨古今存。

五律

登钟山

故垒侵侵变，大江莽莽流。
峥嵘横赤气，隐映出芳洲。
松柏帝陵色，山川游子眸。
盎然诗画意，处处足冥搜。

图 39　紫金山麓　1974 年

六月三日写生于紫金山麓

五律

丙夜下值归舍，庭空人悄，月皎风清，竹影满地，戛戛似与人语。徘徊中庭，凝思默会，仿佛悟得写竹三昧。舒笺和墨，月底挥毫，并吟八句题之

恍惚潇湘夜，婆娑千万枝。
风轻生飒飒，月白影离离。
碧玉怜刚节，螭龙见跃姿。
美人发骚兴，寄语婵娟知。

七律
一月八日作

七十八年心血尽，英灵千古九州驰。
从来壮士难由志，恩及斯民无限悲。
痛哭万方阴翳日，春风一度缅怀时。
纵然魑魅多猖獗，鼎鼎大名宇宙垂。

七律
十月廿二日
岩石射击

壮士疾呼山谷应，火虬狂舞鬼神惊。
风声日色助酣战，虎跃龙腾欲请缨。
工暇从教勤苦练，他时定可制天兵。
欣看点点靶心满，遍插野花笑语盈。

七绝

绍兴府上有风雨亭，秋瑾烈士生前多次在此与同僚商讨时事

越东烈女貌如花，挟剑朝东觅羲和。
风雨亭中说风雨，愿淌热血沃中华！

七绝

观看电影《桃花扇》后作

义情贞洁分泾渭，气节高低见后先。
人杰鬼雄为家国，岂期图貌上凌烟。

五律

读话剧《于无声处》剧本有感

十年一回首，血雨斗腥风。
张子舌犹在，岳王气荡空。
坚强真理见，勇击志图雄。
正是无声处，惊雷起太穹。

代后记

曾经的古典少年

王瑢生

近20年来不断地搬家，从城西搬到城东，从南方搬到北方，又从华东搬到华南，还在广州城中东西南北地搬，因此纸箱一个一个地东堆堆西落落，我几乎忘记了纸箱中存放着什么东西，且也无暇“关心”它们，只忙于眼下、手中没完没了的活。前阵子有一天，我打开了其中的一个纸箱。这是一个装着满满笔记本的纸箱，这些笔记本，有近十本是我在十八九岁到二十一二岁时所写的诗词稿，一数，足足有650多首（阙）。一读，却惊讶地觉得，怎么当年会有这样的“古典少年”的情怀和影子？

图40　1971年在故乡

说“古典”，这大概还容易理解，也就是学写古典诗词；而“少年”，却不完全指客观年龄，主要是指心理年龄、知识储备、社会阅历。当时（1974—1975），我们一家从下乡地——故乡揭阳炮台塘边村搬迁回城，因为担心高中毕业后又要上山下乡，我辍学去了一个街道的小机械工厂工作。对于小学刚开始就碰上“文革”，又因“黑五类”而学学停停，初中在农村学校半农半工半读地度过，高中才上了不到一个星期就辍学的我来说，知识是何等“少年”，何等苍白，而又何等令人渴望！

当时，父母亲除了亲自教我们姐弟几人画画、书法及理论的知识，还特别请来了蔡起贤先生教我们古典文学。从学古文、学训诂，到学格律、学音韵、学古体诗词，尤其是诗词，每周都有功课作业。蔡起贤先生是潮汕地区乃至广东的一位古典文学大学者，他是中山大学著名教授詹安泰先生的弟子，也曾为其助手，深得詹先生器重。但是，蔡老师从50年代起因被错划为“右派”而受到不公正的对待。自我认识蔡老师的时候，他就没有工作，而且一家五口住在一个不足五平方米的没有窗户的黑屋里。有时我到他家请教或上课，高度近视的他要凑到门边，借着门外通道折射进来的微弱光线给我批改作业。但是，在这样的屋子里，依然到处塞满了发黄的书，床底下、床上、桌子上、椅子上。每当谈到什么问题、涉及什么典故时，蔡老师总能随手找出相关的书，翻出在第几页。更令我佩服的是，他能够随口背出大段大段的古文诗词，道出训诂或典故的来龙去脉，而且有时还不无幽默地联系到现实社会的现象。但是，在这时候他总是很安详，安详得没有任何表情。蔡起贤老师是安详的，也许他早已超然于这一切的不幸和不公。他安详于他的知识大海，安详于与知识、历史、学术的对话交流，安详于以一种慈祥而诲人不倦的精神向后学者传递知识。我有幸在我“少年”渴望知识的时候遇到了这样一位令我永生难忘的老师。

蔡起贤老师不仅具有渊博的学问、对学问追问的意志力及开阔的胸怀，而且对诗词的格律、音韵有特别的感觉。他经常在上课时深入分析比较不同诗人、词人在格律、音韵方面的不同特点，特别推崇杜甫、李贺、杜牧、温庭筠，而在词的方面，他除了高度欣赏和倡导苏东坡、辛弃疾、陆游的豪放风格外，更喜欢分析周邦彦、姜白石、柳永等用词遣句的音韵之美。这对当时的我来说，虽然多数不甚了了，但似乎这一切都有着意味隽永的美，随着岁月的远去和年龄的递增，好像总有一种富于音韵的精神引领着我的艺术欣赏和创作，以及我的人生阅读。但是，蔡老师一直郑重地要求我们，作为在未来还有很多可能性的年轻人，应该对自己的未来充满信心，要以开阔而坚定的心态对待与未来相关的学习。

其实，十八九岁已不能算是少年了，更何

况当时我已进入社会参加工作，在一个很小的机械工厂当办事员，每个月工资 26 元，主要工作是画图、记录工时、抄送报表等。这里的厂房是用竹叶篷为顶的，一下雨就得到处检查哪里漏水。然而在这样经常漏雨的厂房里，据称那些车床、刨床、铣床等还是很先进的，其中还有液压的。厂里的技术员“二哥”曾用这样的机器做出他自己手上戴着的很精致的手表的外壳，我当时很佩服他，也为在这个小工厂工作而有些自豪。我经常到机器前去摸一摸，学点操作车床、铣床等的本事，也做出过自己的“产品”。当时城市里的用电很紧张，对于用电量大的机械厂，经常要改为后半夜上班。从住的家里到工厂，几乎要穿过整座城市，每天上下班，骑着自行车翻过几座桥，沿着韩江边，穿过闹市区，这个城市的各种生存情境像电影一样，每天都在不断地转换播映着。

然而，当我现在，时隔三十年之后重读当时写的这些古体诗词时，我实在没法将它们与当时的生活联系起来，唯一可能联系起来的是诗词中经常提到的“丁夜过杏花桥”或“丙夜……”等。

不过，当时写诗填词的心境和情境却总是历历在目、在怀，一种少年老成的古典情怀，一种对古典理想境界的想象，一种东方堂吉诃德式的美丽幻想，其实，更多的是“为赋新词强说愁”，为作诗词而作出了“诗词”的情怀。

这确实也很不容易，在这样的年龄，在这样的生活情境中，能够有这样写“诗词”的情怀，这对于漫长的人生来讲，实在是太难得了。更何况，这些诗词和古典文学的学习，使我打开了一扇通往历史、进入历史人文情境的大门；使我感受到历史人文的温度和精粹，感受到中华文化的生命；使我以一种敬畏之心来仰望我们的先人，思考我们的文化传统。

记得有一次我将所写的部分诗词送给在广州的父执——著名诗人黄雨先生，请他提提意见。他老人家读完之后哈哈大笑，对我说：真想不到在这样的时代，你这样的年纪能写出这样的诗词和境界，你好像不是生活在这个年代的年轻人。

确实，生活是被这个时代和环境所规定与安排的，但是有些东西，包括心境和梦是可以被创造出来的。创作这批诗词的主要资源，来自当时赴大江南北的两次“游学”。第一次，1974 年的春末到初秋，我独自一人背着简单的行装，挤上南来北去的列车，游历了江浙、齐鲁、京津、豫鄂、湘桂等地，登临了泰山、崂山等名山大川，更结识了许多朋友，当然也画了厚厚的一本后来题名为《游览一得》的速写集。不知有多少个夜晚在火车上度过，在火车站简易的木凳上做过梦，

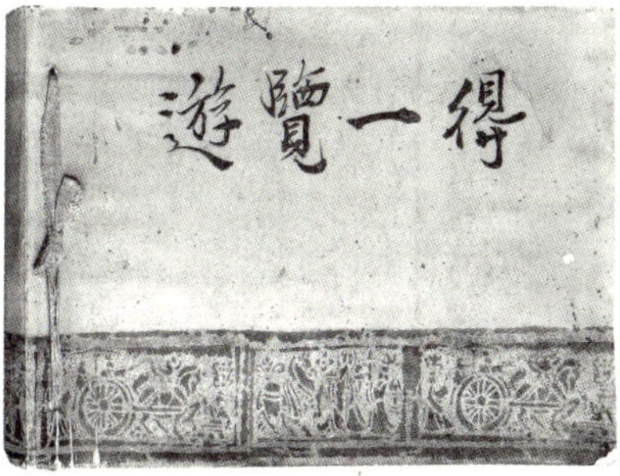

图 41 《游览一得》封面

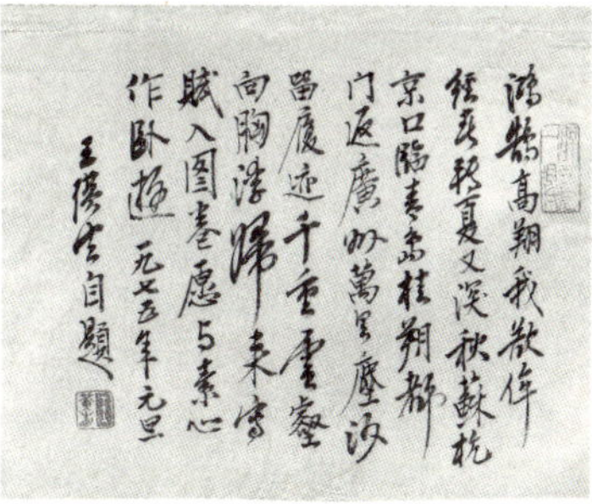

图 42 王璜生题诗

图 43 《游览一得》内页

甚至梦游过。当时的出发点是要学画画，首先必须“读万卷书，行万里路”，必须“搜尽奇峰打草稿”。于是，对于喜欢独立和“冒险”的我来说，浪迹天涯似乎是我向往的一个梦。第二次，1977 年 5 月至 6 月间，与我的姐姐王种玉，以及汕头著名文化人张华云老师的女儿张桂枝结伴，游览了武夷山、庐山、黄山，还有苏杭、桂林等地，这一路上我还用文言文写日记，也写了一些诗词。这两次游历打开了我当时生活的一片新天地，也拓宽了眼界和心境。对于游历的追忆，以及当时路上的写作，构成了我这一时期的诗词创作，它们也成为我绘画创作的重要资源。

这个阶段的诗词学习和写作持续了四五年，后来我逐渐“长大”了，不再那么“少年”了，也不再那么天真单纯，“古典”的情怀也逐渐淡化遗忘在喧嚣的“长大”了的现实之中，遗忘在理想的幻灭之中。

30 年后，重新翻开这些载满记忆的诗词文字，翻开曾经有过的情怀，岁月磨灭不了的正是这种永远的记忆和情怀，尽管它们曾经被淡化以至遗忘过……

2005 年 3 月 2 日深夜于绿川书屋

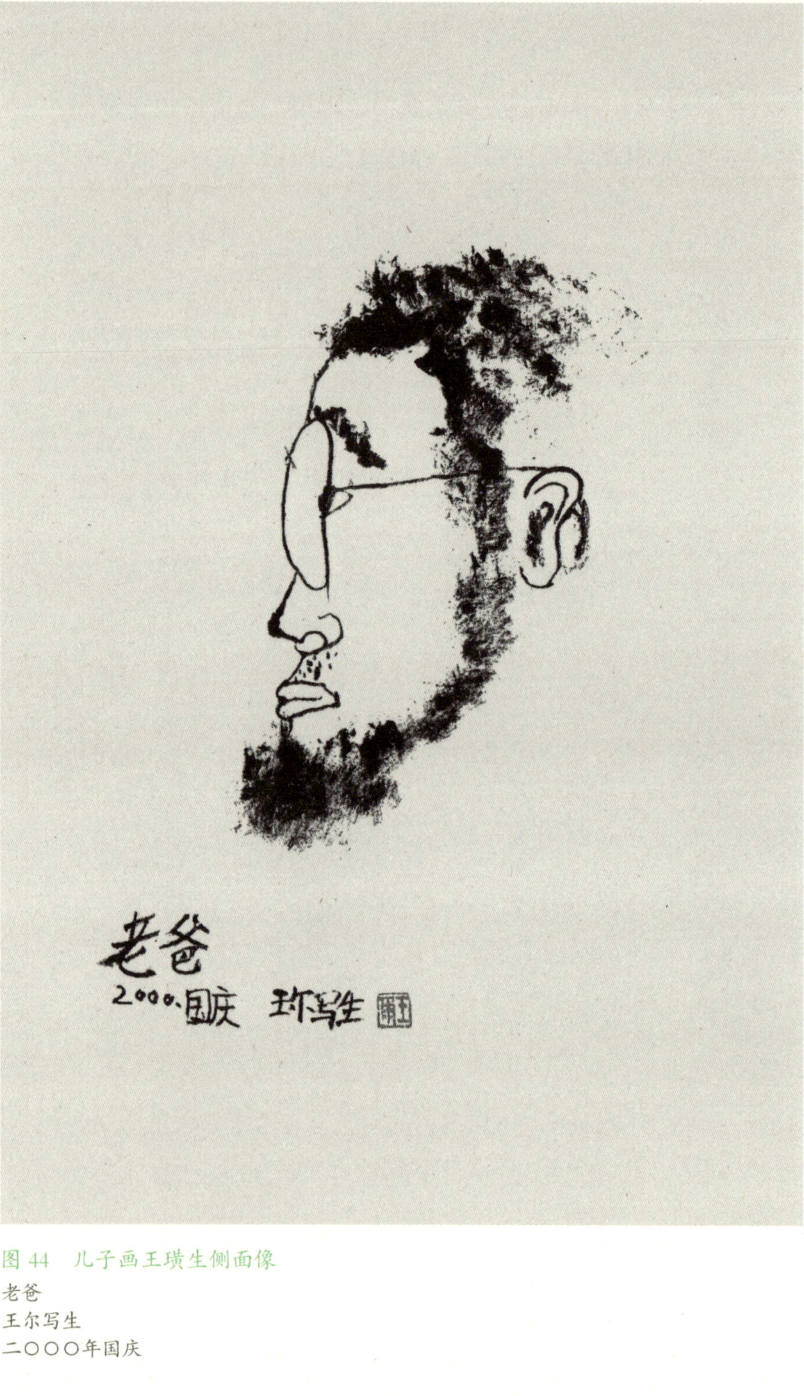

图 44　儿子画王璜生侧面像

老爸

王尔写生

二〇〇〇年国庆

王璜生

一九五六年出生于中国南方小城汕头市，家学中国画，也学古典文学、古代画论等。由于『文革』，在故乡度过了难忘的少年时期；后回城开始了多个机械工厂的工作，并屡屡高考受挫。再后来有幸到了南京艺术学院读书，得了硕士、博士学位。曾在美术出版社、画院履职，一九九六年入了当年没人想去的美术馆这一行，在广东美术馆、中央美术学院美术馆、广州美术学院美术馆一干就是近三十个年头，从副馆长到馆长，再到总馆长，希望中国的美术馆能够逐渐变得像『美术馆』一些。创办及策划了『广州三年展』『CAFAM 双年展』等。法国与意大利政府给予了『骑士勋章』，大概是在鼓励这个美术馆界的『堂吉诃德』。出版有《作为知识生产的美术馆》《新美术馆：观念、策略与实操》等论著。而梦想成为艺术家，一直初心未改，在国内外做过个展，出版过艺术专集，作品也为英国大英博物馆、意大利乌菲齐美术馆、中国美术馆等国内外公共机构收藏。

远游与诗
YUANYOU YU SHI

出版统筹：张　明
责任编辑：王　淼　黄安然
设计指导：曹　群（北京看好艺术设计）
书籍设计：赵　格（北京看好艺术设计）
责任技编：伍先林

图书在版编目（CIP）数据

远游与诗 / 王璜生著. -- 桂林 : 广西师范大学出版社，2023.12
（王璜生随笔 ; 之一）
ISBN 978-7-5598-6481-9

Ⅰ. ①远… Ⅱ. ①王… Ⅲ. ①诗词－作品集－中国－当代 Ⅳ. ①I227

中国国家版本馆 CIP 数据核字（2023）第 203054 号

广西师范大学出版社出版发行
（广西桂林市五里店路 9 号　邮政编码：541004
网址：http://www.bbtpress.com）
出版人：黄轩庄
全国新华书店经销
北京雅昌艺术印刷有限公司印刷
（北京市顺义区高丽营镇金马园达盛路 3 号　邮政编码：101300）
开本：880 mm × 1 230 mm　1/32
印张：5.125　　插页：2　　字数：100 千
2023 年 12 月第 1 版　　2023 年 12 月第 1 次印刷
定价：68.00 元